VENTE

DU MERCREDI 21 AVRIL 1875

COLLECTION

DE

TABLEAUX ANCIENS

CATALOGUE RAISONNÉ

PAR

ALFRED MICHIELS

Me PHILIPPE LECHAT
COMMISSAIRE-PRISEUR
Rue de la Chaussée-d'Antin, 25

M. CHARLES MERCIER
PEINTRE-EXPERT
Rue de Seine, 14 et 27

PARIS. — IMPRIMERIE SIMON RAÇON ET COMPAGNIE, RUE D'ERFURTH, 1.

VENTE DU MERCREDI 21 AVRIL 1875

COLLECTION

DE

TABLEAUX ANCIENS

CE CATALOGUE SE DISTRIBUE A PARIS

CHEZ

Mᵉ PHILIPPE LECHAT	M. CHARLES MERCIER
COMMISSAIRE-PRISEUR	PEINTRE-EXPERT
Rue de la Chaussée d'Antin, 25	Rue de Seine, 14 et 27

CONDITIONS DE LA VENTE

Elle sera faite au comptant.

Les acquéreurs payeront, en sus des prix d'adjudication, *cinq pour cent* applicables aux frais.

L'exposition permettant au public de constater la nature et l'état des objets, aucune réclamation ne sera admise une fois l'adjudication prononcée.

COLLECTION

DE

TABLEAUX ANCIENS

PARMI LESQUELS

UNE OEUVRE CAPITALE DE RUBENS

SAINTE MADELEINE REPENTANTE

AYANT APPARTENU AU DUC DE BUCKINGHAM

CATALOGUE RAISONNÉ

PAR

ALFRED MICHIELS

EXPOSITIONS

PARTICULIÈRE
Le Lundi 19 Avril 1875

PUBLIQUE
Le Mardi 20 Avril 1875

Me PHILIPPE LECHAT
COMMISSAIRE-PRISEUR
Rue de la Chaussée d'Antin, 25

M. CHARLES MERCIER
PEINTRE-EXPERT
Rue de Seine, 14 et 27

La prédominance des tableaux flamands et des toiles italiennes dans cette collection vient de ce qu'elle a été formée par la réunion de deux cabinets, appartenant, le premier à un amateur de Bruges, le second à un amateur italien, officier supérieur en retraite.

Elle n'est pas composée uniquement de chefs-d'œuvre; jamais collection pareille n'a été vue. Mais elle en renferme; les toiles secondaires même ne manquent pas d'intérêt : plusieurs sont des curiosités historiques. Le public, du reste, le verra bien : il y a en France un groupe très-nombreux d'amateurs éclairés que l'on ne trompe guère : le charlatanisme remporte çà et là quelques victoires, mais il éprouve aussi de cruelles déroutes.

Au lieu de vanter nous-mêmes outre mesure des tableaux que les connaisseurs apprécieront, mieux vaut donc relater ici des faits intéressants et instructifs.

La *Sainte Madeleine repentante*, due au pinceau de

Rubens, a une histoire curieuse. Le grand peintre l'avait conservée chez lui comme une œuvre d'élite, comme un de ces travaux inspirés que l'auteur aime à revoir. Elle ornait son hôtel, avec quatre-vingt-douze autres productions de sa main, quand il cessa de vivre, le 30 mai 1640. On dressa l'inventaire de toutes les toiles qui décoraient ce magnifique séjour. Elles étaient au nombre de trois cent dix-neuf; vingt reproduisaient uniquement des portraits du Titien, témoignage d'admiration qui eût flatté, rasséréné le maître ombrageux; vingt-trois offraient des copies d'après divers artistes; cent quatre-vingt-trois, enfin, étrangères à l'atelier de Pierre-Paul, étaient des originaux. Et comme maintes sculptures ornaient aussi la demeure de Rubens, on peut dire qu'elle formait un véritable musée.

Sur le catalogue de toutes ces richesses, la *Sainte Madeleine* portait le n° 86. Un seul chiffre la séparait de l'admirable ouvrage placé maintenant sur le tombeau du chef d'école, dans l'église Saint-Jacques d'Anvers, car celui-ci portait le n° 84. Or, les deux tableaux sont exactement peints de la même manière. C'est la même hardiesse d'exécution et la même sûreté de touche, la même opulence et la même harmonie de couleur, la même verve et la même délicatesse de sentiment. L'auteur se trouvait alors dans toute la maturité de son génie : une profonde expérience guidait et fortifiait son inspiration, la menait droit au but qu'elle voulait atteindre. La rudesse, la vulgarité, qui déparent quelques-unes de ses œuvres, s'étaient dissipées, comme un givre matinal, devant la lumière croissante de la réflexion et le continuel enseignement de la pratique. Rien ne serait plus intéressant que de placer les deux ouvrages l'un auprès de l'autre pour les étudier. L'identité de la manière frapperait alors tous les yeux.

Faute d'un rapprochement matériel, le souvenir suffira aux amateurs dignes de ce nom. Quant à moi, j'ai pu examiner de près, sous tous les jours, la *Vierge entourée de Saints, au milieu d'un paysage*, que la veuve et la famille de Rubens ont arborée sur son tombeau, comme une preuve extraordinaire de son mérite. J'étais à Anvers, quand on descendit ce chef-d'œuvre, pour le nettoyer, de l'autel où il trône en quelque sorte; la sensation profonde, mêlée d'étonnement, que me fit éprouver cette toile merveilleuse, ne s'est pas affaiblie : je la vois toujours, et puis la comparer fidèlement par la mémoire avec la *Sainte Madeleine repentante*.

Avant de traiter ce sujet d'une manière si parfaite, Rubens s'était essayé, pour ainsi dire : il avait abordé quatre fois, au moins, le même motif. Des gravures et des tableaux le démontrent. Le troisième volume de ses œuvres, à la *Bibliothèque nationale*, renferme quatre estampes où l'ancienne hétaïre déplore ses erreurs. L'une nous la montre assise auprès d'un coffre à bijoux qu'elle a renversé du pied, se tordant les mains et regardant le ciel, au grand déplaisir de sa camériste, qui prévoit la diminution de ses bénéfices. Sur l'autre, elle joint les mains et penche sa tête échevelée vers un crucifix, dont elle semble implorer le pardon de ses fautes. Sur la troisième, on la voit agenouillée au bord d'une roche, la tête enveloppée d'une irradiation lumineuse : elle apparaît dans une sorte de gloire, formée par des rayons qui tombent du ciel. Enfin le quatrième morceau, que Rubens a gravé lui-même, la représente agenouillée auprès d'un bloc de pierre, regardant aussi le firmament avec désespoir et tordant ses cheveux entre ses mains crispées.

Pendant qu'il faisait ces diverses tentatives, Pierre-Paul avait acquis une sorte d'expérience particulière : elle lui permit de mieux diriger sa force, d'atteindre un plus haut degré d'excellence, de réaliser presque entièrement cet idéal poursuivi par tous les artistes, comme par tous les poëtes. Jamais il n'a réuni tant de pathétique à tant de splendeur, tant de délicatesse à tant de puissance.

La collection de Rubens devait être vendue aux enchères. La liste, où sont énumérés ses tableaux, porte en effet ce titre : « *Catalogue des peintures et raretés, qui se vendront à Anvers, au mois de mai* 1641, *dans la maison mortuaire de messire P.-P. Rubens, chevalier et seigneur de Steen.* » Mais avant que le public fût admis dans le sanctuaire, pour se disputer les œuvres du grand homme et les productions choisies dont il récréait ses yeux, une circonstance mémorable, un fait unique peut-être, en éloigna la foule. Le roi d'Espagne Philippe IV, Ferdinand III, empereur d'Allemagne, Vladislas VII, roi de Pologne, l'Électeur de Bavière, le cardinal de Richelieu et quelques opulents seigneurs s'entendirent : après avoir fait leur choix dans la collection, ils l'achetèrent en bloc et se la partagèrent. Elle fut payée une somme considérable pour l'époque, 280,000 florins, argent de Brabant, ou 602,000 livres, qui représenteraient de nos jours une valeur de trois millions.

La *Sainte Madeleine repentante* devint la propriété de Georges Villiers, duc de Buckingham. On ne peut le constater au moyen de l'acte de vente, qui n'est point arrivé jusqu'à nous ; mais d'autres pièces authentiques, trouvées dans l'étude d'un notaire flamand, produisent la même conviction. Il faut rappeler d'abord que le premier personnage créé duc de Buckingham, par la faveur de Charles Ier d'Angleterre, avait été en relation intime avec Pierre-Paul Rubens. Il lui écrivait, il lui rendait visite, et, en 1625, il lui acheta pour cent mille florins une première collection de tableaux, de statues et d'objets rares. Quand Felton l'eut assassiné, le 23 août 1625, son fils lui succéda dans les bonnes grâces du roi, et comme il avait hérité de son goût judicieux pour la peinture, la sculpture, les pierres gravées, il hérita de sa haute fortune.

Mais l'orage qui menaçait le prince et la monarchie devait mettre un terme à ses prospérités. Quand il vit les nuages s'amasser sur l'Angleterre, pensant bien que la tempête l'atteindrait un jour, il n'attendit pas le coup de foudre. Pour sauver ses tableaux, ses joyaux, ses statues et autres objets d'art, il les fit transporter sur le continent par deux nobles personnages, Endimion Porter et William Aytesbury. Ses prévisions ne tardèrent point à se réaliser : il manqua d'argent d'abord, et, le 29 juin 1648, envoya de Londres une procuration qui autorisait ses mandataires à vendre ou mettre en gage les richesses soustraites aux catastrophes des révolutions. Les délégués, munis de ses pouvoirs, se rendirent à Anvers le 12 décembre suivant, se mirent en relation avec le peintre Wouters, opulent disciple de Rubens, et le négociant Lionel Corham. Après les explications et pourparlers habituels, ils leur engagèrent cent quatre-vingt-treize tableaux, quatorze statuettes de bronze et cent cinquante pierres précieuses, pour la somme de 30,000 florins, portant un intérêt annuel de 8 pour 100. Peu de temps après, la tête de Charles Ier tomba sous la hache, et le duc s'enfuit de la Grande-Bretagne.

Au mois de décembre 1649, il se trouvait à Anvers. Là, le noble exilé tomba dans la pénurie : les 30,000 florins s'étaient sans doute engloutis avec la royauté. Pour se procurer de nouveaux fonds, aussi bien que pour désintéresser Wouters et Corham, il vendit à messire William Widrington, baron et pair d'Angleterre, la majeure partie de sa collection de tableaux, où étaient représentés les grands maîtres de toutes les écoles. Il lui restait d'autres peintures, beaucoup d'objets d'art : sa gêne continuant, il sollicita et obtint des confrères de Saint-Luc l'autorisation de les vendre aux enchères, moyennant un droit de 100 florins. La somme fut employée à faire faire une balustrade de marbre devant l'autel de la corporation, dans l'église Notre-Dame[1].

La première série de tableaux comprenait cent quatre-vingt-treize peintures, comme nous l'avons dit; la seconde commençait, par conséquent, au n° 194. Or, la *Sainte Madeleine repentante* porte dans l'angle inférieur de gauche, en vieux chiffres de couleur blanche, le n° 228. Donc elle faisait partie du second lot, adjugé aux plus offrants dans le local de la vieille Bourse, détruite, il y a quelques années, par un incendie.

Que devint-elle depuis cette époque éloignée? Fut-elle acquise par François Wouters, qu'un brillant mariage avait enrichi? Nul texte imprimé, nul acte légal ne nous l'apprend. Mais elle dut subir bien des aventures, jusqu'au moment où elle est arrivée dans mon cabinet: elle y est restée six mois, en sorte que j'ai pu l'étudier à loisir, la comparer notamment aux œuvres du maître possédées par le Louvre, et surtout aux fameuses néréides du *Débarquement de Marie de Médicis*, avec lesquelles la pécheresse convertie a la plus grande similitude, mais auxquelles tout homme délicat, tout juge compétent l'estimera bien supérieure. C'est avec une

[1] Les archives de la jurande, qui existent encore à Anvers, constatent le payement de la somme et l'usage auquel on l'employa. Voici l'article, que je traduis du flamand :

« *Compte de la balustrade de marbre faite dans la chapelle de Saint-*
« *Luc, à l'église Notre-Dame.*

« Item, reçu du seigneur François Wouters, la somme de 100 florins,
« que le duc de Buckingham a donnée pour l'autorisation de vendre ses
« peintures aux enchères. . . . . 100 florins.

joie profonde et une sorte de piété que j'ai donné asile pendant si longtemps à une création admirable : nul n'a étudié plus soigneusement, plus patiemment que moi la biographie et les travaux de Rubens[1]; et l'heureux hasard qui amenait dans mon domicile, qui mettait à ma disposition un de ses chefs-d'œuvre, me charmait comme une visite du grand peintre lui-même, comme un témoignage de reconnaissance, que, par l'effet d'une action mystérieuse, il m'envoyait au fond de ma retraite.

J'ai été contraint de réserver pour ce préambule les explications relatives à la *Sainte Madeleine :* elles auraient tenu trop de place dans le courant du catalogue. Pour les autres tableaux, chaque article contient les faits, les dates, les éclaircissements indispensables et sur le maître, et sur la peinture. Les œuvres d'art sont muettes : il faut qu'on parle pour elles ; les amateurs ont besoin de renseignements, et ils ne sont pas tenus de les chercher eux-mêmes.

Nous aurions pu mettre sur ce catalogue un nom sonore et pompeux : — *Collection du marquis Don Francisco de Ruelas*, ou *du célèbre amateur allemand Quaden von Kinkelbach ;* ou *tableaux précieux de la comtesse de Santa-Fé y Dolores*, ou encore de *mademoiselle Fédé-*

[1] La première édition de mon *Histoire de la Peinture flamande* a commencé à paraître au mois de mai 1844; en 1853, j'ai publié séparément un volume de 576 pages, intitulé : *Rubens et l'École d'Anvers*. Dans la nouvelle édition de mon grand livre, qui est sous presse depuis dix ans, j'ai développé, complété mon étude sur les œuvres du plus fécond de tous les peintres.

rowna Linskoï, première danseuse du théâtre impérial de Saint-Pétersbourg, car les illustrations de la scène disputent le pas maintenant aux illustrations de la noblesse. J'avais même songé au Commandeur des Croyants, et j'allais écrire à sa Hautesse, pour lui demander qu'elle voulût bien, par un acte de courtoisie exceptionnelle, me permettre d'inscrire son nom en tête de mon catalogue, ce qui eût triplé, quintuplé même le prix des tableaux, quand j'ai réfléchi que la loi islamite proscrivant toute image de l'homme, les sultans n'achètent pas de toiles ; que, par suite, beaucoup d'amateurs regarderaient cette attribution comme une supercherie et ne s'y laisseraient pas prendre, quoique un grand nombre se laissent tomber dans bien d'autres piéges. Une si importante considération me forçant de tourner ailleurs mes vues, je pensais à l'Empereur de la Chine, et comme il n'avait que cinq ans, je comptais sur la simplicité de son âge pour obtenir l'autorisation de mettre à profit tous ses titres : une collection appartenant au Fils du Ciel, au souverain de l'Empire du Milieu, aurait éveillé sans le moindre doute une grande curiosité. Mais le jeune prince vient de mourir, et je me trouve réduit à laisser les tableaux se recommander eux-mêmes, les hommes de goût les juger à loisir, sans être importunés par les cymbales et les trompettes du charlatanisme.

Le seul patronage que nous invoquions, le seul appui sur lequel se fonde notre espoir, c'est donc le talent ou le génie de ces grands peintres nommés Rubens, Gaudenzio Ferrari, Jean van Hoeck, Ribera, Lély, Érasme Quellin, Snyders, Teniers, François Pourbus le fils, Paul Véronèse, Sébastien del Piombo, Vélasquez, Altdorfer, Guerchin, Bakhuizen. On leur reconnaît, en général, quelque mérite. Pour les amateurs qui vénèrent le fifre et les trombones de la réclame, c'est bien peu de chose; pour les connaisseurs qui préfèrent le charme ou l'excellence des œuvres, c'est le point capital.

Alfred Michiels.

CATALOGUE

ÉCOLES DU NORD

(FLAMANDE, HOLLANDAISE, ALLEMANDE)

ALTDORFER

(ALBERT)

Elève principal d'Albert Dürer, né à Altdorf, près de Landshut, en 1488, mort à Ratisbonne en 1538.

1. — LE CHRIST MIS AU TOMBEAU.

Nicodème et Joseph d'Arimathie supportent, l'un par les épaules, l'autre par les pieds, le cadavre du Sauveur, qui est déjà descendu à moitié dans le sépulcre, où ils vont le coucher. Au premier plan, sainte Madeleine agenouillée, vêtue d'un riche costume, sur lequel flottent ses longs cheveux dorés, et tenant de la main gauche un vase de parfums, examine avec attendrissement la figure du Christ. Au delà du tombeau, la Vierge, coiffée d'une étoffe qui se replie sur ses épaules, joint les mains et se penche vers son fils avec une émotion douloureuse. Saint Jean et Marie Salomé, placés à sa droite et à sa gauche, s'inclinent aussi pour voir le funèbre spectacle. Derrière eux, une sainte femme, portant le costume à crevés en usage sous Henri VIII et François Ier, tord ses mains au-dessus de sa tête avec une expression de désespoir. La scène a lieu dans une caverne.

Tout le monde remarquera la belle couleur de ce tableau. Les lignes sont plus souples, les formes moins anguleuses que dans les œuvres d'Albert Dürer : les types n'ont aucune similitude avec les siens.

Bois. Haut., 32 cent. Larg., 30 cent. Ancien cadre bordé en fer.

Altdorfer est le plus important élève d'Albert Dürer, et ses œuvres sont devenues d'une extrême rareté. Les principales se trouvent à Munich; Berlin n'a de ce maître que deux petits panneaux, réunis dans un seul cadre et portant la date de 1507 : chacun ne renferme qu'un seul personnage. Vienne, Paris, Londres, Bruxelles, Anvers, La Haye, Amsterdam ne peuvent montrer aucun travail de sa main. Altdorfer a été surnommé *le petit Albert Dürer*, à cause des faibles dimensions de ses tableaux et de ses personnages. Le *Christ mis au tombeau* est une des œuvres les plus rares de l'ancienne peinture germanique et des plus précieuses pour l'histoire de l'école allemande au XVIe siècle.

BAKHUIZEN

(LUDOLF)

Né à Emden en 1631, mort à Amsterdam en 1709.

2. — PRÉLUDES D'UNE TEMPÊTE.

Dans le voisinage d'un port, sous un ciel orageux, où roulent des nues épaisses, le vent chasse et la houle secoue des navires, qui fuient devant les menaces de la mer. Les vagues écument, s'effilent en banderolles blanches; les marins, sous leurs voiles penchées, manœuvrent pour gagner au plus vite l'abri protecteur, dont on voit la première estacade. Le mouvement des flots et tous les indices d'un prochain orage sont admirablement rendus.

Toile. Haut., 1 m. 4 cent. Larg., 1 m. 54 cent.

BERCKLEYDEN

(ATTRIBUÉ A GÉRARD)

Né à Harlem en 1645, mort dans la même ville en 1698; imitateur de Van der Heyde.

3. — INTÉRIEUR D'UNE VILLE HOLLANDAISE.

Sur les bords d'un canal, où naviguent des embarcations, s'élèvent de grands édifices, qui ont un aspect monumental.

Bois. Haut., 32 cent. Larg., 45 cent.

BREKELENKAMP

(QUIRYN)

On ne connaît ni le lieu ni la date de sa naissance, ni le lieu ni la date de sa mort. On a relevé sur quelques-uns de ses tableaux des millésimes, qui vont de 1660 à 1668.

4. — LA MARCHANDE DE POISSONS.

Elle est coiffée d'un feutre et croise ses mains sur sa poitrine, attendant la pratique. Devant elle, des cabillauds et de la raie couvrent son étal.

Signé des initiales : *Q. B.*

Bois. Haut., 20 cent. Larg., 25 cent.

BOUDEWYNS ET BOUT

Adrien-François Boudewyns, né à Bruxelles, baptisé le 3 octobre 1614, mort dans la même ville après 1721.

Pierre Bout, né à Bruxelles, baptisé le 5 décembre 1658, mort avant 1729. Il exécutait d'habitude les figures qui animaient les sites champêtres de Boudewyns.

5. — PETIT PAYSAGE TRÈS-ACCIDENTÉ.

Composition charmante, égayée de personnages et d'animaux, dus à la collaboration de Pierre Bout.

Bois. Haut., 13 cent. Larg., 18 cent.

6. — PAYSAGE.

Pendant du tableau précédent. Même genre de composition et d'effets.

Bois. Mêmes dimensions.

DOUW

(SIMON VAN)

Imitateur de Philippe Wouwerman. On ne connaît ni la date de sa naissance, ni la date de sa mort. Il fut reçu franc-maître dans la corporation d'Anvers en 1653-1654. Le musée de Lille possède un tableau de sa main, où on lit la signature : *S. V. Douw f a°* 1671.

7. — LE MANÉGE EN PLEIN AIR.

Auprès d'une haute maison, en forme de tour, et d'une terrasse que borde une palissade délabrée, une esplanade sert à des exercices équestres : un poteau et une trace circulaire dénotent un manége. Un cavalier maladroit vient d'être désarçonné : son attitude et son visage expriment la douleur. Son cheval rue contre une autre monture. Le personnage qu'elle porte frappe d'une cravache l'animal rétif, pendant qu'un autre individu examine la scène. Une échappée de vue dans la campagne et un ciel nuageux composent le fond.

Toile. Haut., 59 cent. Larg., 49 cent.

EISEN

(CHARLES)

Né à Valenciennes le 17 août 1720, mort à Bruxelles le 4 janvier 1778.

8. — GLAUCUS ET LA NYMPHE SCYLLA.

Dans un paysage, où l'on reconnaît la manière du maître, sur les bords d'un ruisseau, la nymphe Scylla, représentée comme une jeune Parisienne du dix-huitième siècle, est poursuivie par le dieu qui la convoite et cherche à la saisir. Elle a laissé tomber près d'elle son chapeau de paille et sa corbeille de fleurs. Glaucus l'attire à lui par son dernier vêtement.

Toile. Haut., 61 cent. Largeur, 45 cent.

Charles Eisen, ayant passé presque toute sa vie à exécuter des dessins pour les gravures des livres français, a peint rarement. Le tableau qu'on admirait à l'Exposition en faveur des Alsaciens-Lorrains, et qui représentait l'artiste lui-même dans un splendide atelier, avait exactement la même touche et le même genre de coloris que le nôtre.

FRANCHOIS LE JEUNE

(LUCAS)

Élève de Rubens, né à Malines en 1615, mort dans la même ville le 4 avril 1681

9. — LE PEINTRE ET SA FAMILLE.

Au premier plan, on voit assise la femme du peintre, Thérèse van Wolschaten, qui tient sur ses genoux un petit garçon couché à la renverse. Quoiqu'il tette encore, il paraît avoir une quinzaine de mois. Autour de la jeune mère sont groupés cinq autres enfants, quatre garçons à sa gauche et une petite fille avisée à sa droite, dans le bas de la toile. L'aîné, un jeune blond, qui écrit sous la dictée de son frère, ne peut avoir moins de dix ans, et tous les autres s'échelonnent, jusqu'au nourrisson, dans un ordre chronologique. C'est le père qu'on découvre au fond du tableau, assis devant son chevalet, la figure tournée vers le spectateur. La paysanne placée à droite, dans l'angle supérieur, et coiffée d'un lourd bonnet de toile blanche, est la mère de la jeune femme.

Toile. Haut., 96 cent. Larg., 1 m. 15 cent.

Gravé dans le Magasin pittoresque *en* 1874, page 273.

Lucas Franchois le jeune, après avoir longtemps travaillé en France pour la maison de Condé, retourna en Belgique vers l'année 1665, au moment où la guerre éclatait entre Louis XIV et l'Espagne. Beaucoup d'anciens portraits, qui ornent les châteaux et les hôtels de la noblesse française, et dont on ne connaît pas l'auteur, ont été peints par lui.

FRANCKEN

(FRANÇOIS, PREMIER DU NOM)

Né à Herenthals, dans la Campine, vers 1544, mort à Anvers le 5 octobre 1616.

10. — ADORATION DES MAGES.

La Vierge est assise sur une estrade, au milieu de la campagne, près d'un édifice en ruine, et porte le Christ enfant sur ses genoux. Un des rois de l'Orient est agenouillé devant le petit Emmanuel, qui lui tend les mains. Les deux autres voyageurs couronnés se tiennent debout, à droite et à gauche du Sauveur et de sa mère. Une suite nombreuse les entoure. On y remarque un seigneur coiffé d'un chaperon orné de plumes, un chevalier armé de toutes pièces et un moine. Dans le lointain, on aperçoit un village et des paysans curieux, qui se tiennent devant la porte de leurs maisons.

Bois. Haut., 53 cent. Larg., 74 cent.

Œuvre très-soignée, que l'on peut ranger parmi les meilleures de l'artiste, si supérieur à presque tous les membres de son interminable famille, dont trente-deux sont inscrits sur les registres de la corporation de Saint-Luc, à Anvers.

GLAUBER

Surnommé *Polydor*, né en 1646, à Utrecht, mort en 1726, à Amsterdam.

11. — PAYSAGE.

Sous une touffe de grands arbres, des villageoises offrent un sacrifice au dieu Pan; ce sacrifice préoccupe Angélique et Médor, assis près de là, sur un tertre vert. Un peu plus loin, un chevrier debout regarde la campagne en jouant de la flûte; à côté de lui coule un torrent qui sort d'un lac. Des collines accidentées, un ciel doré par le soir, forment la perspective. Quelques chèvres et un chien animent le premier plan.

Les figures sont peintes par *Gérard de Lairesse.*

Toile. Haut., 67 cent. Larg., 55 cent.

Jean Glauber, après avoir travaillé fort jeune dans l'atelier de Berghem, passa une année à Paris et alla ensuite résider cinq ans au delà des Alpes, à Rome, à Padoue et à Venise. Après son retour, il choisit pour résidence la ville d'Amsterdam, où il se lia intimement avec Gérard de Lairesse, qui exécutait d'habitude les personnages de ses tableaux. On remarque dans ses œuvres l'action de toutes les influences qu'il avait subies. Le Louvre possède une grande toile de sa main.

GRIMER

(ABEL)

Reçu franc-maître dans la corporation d'Anvers en 1592, comme fils de maître; on ignore également la date de sa naissance et la date de sa mort; le musée de Bruxelles renferme un tableau de sa main signé en toutes lettres : *Abel Grimer fecit* 1614.

12. — PAYSAGE.

Le peintre y a figuré la parabole du Semeur, dont le grain tombe sur la pierre, sur un chemin où il est foulé aux pieds, parmi les épines qui l'étouffent ou sur un bon terrain qui le féconde.

Signé : *Abel Grimer A°* 1597. *Luc* 8.

Panneau rond. Diamètre : 24 cent.

13. — PAYSAGE.

On y voit les disciples de Jésus cueillant des épis de blé, le jour du Sabbat, et les mangeant, ce qui excite la colère des Pharisiens.

Signé : *Matt.* 12. *Abel Grimer A°* 1597.

Pendant du précédent. Mêmes dimensions.

JANSSENS

(ABRAHAM)

Né à Anvers, où il fut baptisé le 15 janvier 1567, où on célébra pour lui l'office des morts le 25 janvier 1632.

14. — APOLLON ÉCORCHANT MARSYAS.

L'imprudent satyre a les bras attachés à un arbre, au-dessus de sa tête. Il est entièrement nu, sauf un linge blanc, qui entoure le bas de ses reins. Apollon le tient de la main gauche par cette étoffe, et commence, de la main droite, à lui entamer la peau avec un scalpel. Le dieu a l'air grave et dur sous sa couronne de lauriers. Le type vulgaire et bestial de Marsyas est judicieusement choisi.

Toile. Haut., 1 m. 10 cent. Larg., 90 cent.

Les œuvres d'Abraham Janssens sont très-intéressantes pour l'histoire de l'art flamand. Il jouissait dans les Pays-Bas d'une gloire éclatante, lorsque Rubens arriva d'Italie : on conçoit sa douleur de se voir éclipser par un artiste plus jeune de dix ans. Il avait lui-même éclipsé tous ses rivaux, et, d'un seul coup, Pierre-Paul le détrônait, le jetait dans l'ombre! Pour surcroît de malheur, le nouveau venu déployait des qualités analogues, le battait sur son propre terrain. Il ne put cacher sa tristesse; il défia son antagoniste, qui refusa hautainement son cartel. Ses œuvres n'en sont pas moins curieuses et importantes à étudier : il avait ébauché dans l'art flamand la métamorphose que Rubens acheva.

KINSON

(FRANÇOIS-JOSEPH)

Né à Bruges en 1771, mort dans la même ville en 1839. Ayant passé la plus grande partie de sa vie en France, il fut successivement peintre officiel de Jérôme Bonaparte, de Louis XVIII et de Charles X.

15. — PORTRAIT DE LA DUCHESSE DE BERRY DANS SON COSTUME DE VEUVE.

La duchesse est seule, assise sur un canapé, le bras gauche appuyé sur un coussin. Ses yeux examinent le buste de son mari qui se trouve hors du champ de la toile, circonstance que révèle le grand tableau dont celui-ci est une reproduction abrégée. Elle porte une robe noire, un grand bonnet blanc tuyauté, en mousseline, et un voile noir. Sous son bonnet de veuve, elle a la tête rase, car elle avait coupé ses magnifiques cheveux en signe de douleur, et les avait fait déposer dans le tombeau de son mari.

Toile. Haut., 65 cent. Larg., 54 cent.

Ce tableau, comme nous venons de le dire, est une reproduction abrégée d'une œuvre plus grande, peinte par Kinson peu de temps après la mort du duc de Berry. La princesse, *dans une situation intéressante*, comme le prouvent les plis de sa robe, y est accompagnée de sa petite-fille, devenue plus tard duchesse de Parme, qui se tient debout sur le canapé. La mère regarde le buste de son mari, et la jeune orpheline tend les bras vers l'image de son père. Louis XVIII fut tellement ému en voyant cette toile, qu'il ne put retenir ses larmes et nomma sur le champ l'artiste chevalier de la Légion-d'Honneur. Le grand portrait fut exposé au *Salon de Gand* en 1820, l'année même où cessa de vivre le duc de Berry, et se trouve gravé dans le volume consacré à cette exposition, par Liévin de Bast. Notre tableau a dû être exécuté pour quelque membre de la famille royale, probablement le comte d'Artois.

LELY

(PIERRE VAN DER FAES, DIT LE CHEVALIER)

Né en 1618, à Soest, en Westphalie, mort à Londres en 1680. Peintre de Charles Ier d'Angleterre, de Cromwell et de Charles II. Il prit Van Dyck pour guide, s'inspira de son talent, mais garda une originalité manifeste.

16. — PORTRAIT DE JEUNE FILLE.

Elle est vue de profil, tournée à gauche et coiffée à la Sévigné. Elle a la tête nue. Pour costume, elle porte une robe de mousseline blanche, étoilée de points bleus : des rubans de même couleur forment un nœud sur le devant de son corsage. Un collier à deux rangs de perles orne son cou et un cordon de perles ses cheveux. Elle est jeune, elle a quinze ans : elle est ignorante et innocente encore. Elle a toute la naïveté, toute la fraîcheur morale de son âge : la suavité de la couleur et la moelleuse finesse de la touche sont en harmonie avec sa jeunesse et la candeur de son expression.

Toile. Haut., 48 cent. Larg., 41 cent.

HEEM

(DAVID DE)

Né à Utrecht en 1600, mort à Anvers en 1674. Ecole hollandaise.

17. — TABLEAU DE FRUITS.

Composition très-simple. Des pêches et une grappe de raisin sont posées dans un plat d'argent, sur une console en marbre, couverte d'un tapis bleuâtre. A côté du plat, deux abricots. Plus loin, un verre à pied dans lequel reste un peu de liqueur. Un papillon voltige au-dessus des fruits.

Toile. Haut., 52 cent. Larg., 43 cent.

LAHAYE

(R.-D.)

Malgré son nom français, ce peintre appartient à l'École hollandaise; on ignore également la date de sa naissance et la date de sa mort.

18. — DANAÉ.

Elle est couchée sur un lit, au pied duquel deux petits Amours examinent la scène avec mauvaise humeur : la vieille caméristo n'éprouve que de l'étonnement.
Signé en toutes lettres : *R. D. LaHaye.*

Bois. Haut., 25 cent. Larg., 48 cent.

19. — JUPITER ET CALISTO.

Jupiter a pris les formes de Diane pour séduire la nymphe crédule. Celle-ci porte une amphore, que le dieu lui dit d'aller remplir à la cascade voisine.
Signé en toutes lettres : *R. D. LaHaye.*

Pendant du précédent. — Bois. Haut., 25 cent. Larg., 48 cent.

MOLENAER

(NICOLAS)

Né à Amsterdam en 1620, mort dans la même ville en 1684.

20. — SCÈNE D'HIVER.

Un chemin tournant, où marchent dans la neige un paysan et un petit garçon, vient aboutir au premier plan. Un grand massif d'arbres, qui se dressent dans un ciel morne, occupe le milieu de la toile. Plus loin, on aperçoit le clocher et les premières maisons d'un village. Tableau que distingue la sombre poésie du maître.

Signé à droite : *K. Molenaer* (la lettre K est l'initiale du mot *Klaes*, diminutif hollandais du nom de baptême Nicolas).

Bois. Haut. 53 cent. Larg., 41 cent.

Il y a eu trois Molenaer, Nicolas, Jean et Jean Miense. Nicolas peignait des vues champêtres, avec des hameaux, des faubourgs et des murailles de petites villes; ce qu'il préférait, c'était les scènes d'hiver, les effets de neige, les arbres dépouillés, les ciels nuageux ou brumeux. Il multipliait souvent les personnages et les chevaux sur les routes glacées ou devant les cabanes. Jean Molenaer avait vu le jour à Harlem, où il épousa une femme de talent, qui maniait comme lui le pinceau, Judith Leister, et où il mourut en 1685. En 1647, il habitait Amsterdam. Tous les amateurs connaissent son habileté à peindre les intérieurs rustiques, avec des sociétés, des noces, des banquets de paysans, que troublent et animent souvent des querelles et des luttes. Dans ce genre même, il fut éclipsé par Jean Miense Molenaer, fils de Nicolas, qui dessinait plus finement, avait un coloris plus vrai et plus harmonieux, une touche plus ferme, en sorte qu'il approche quelquefois d'Adrien van Ostade. On ignore la date de sa naissance et l'époque où il mourut.

MOREL

(NICOLAS)

Né à Anvers en 1664, mort à Bruxelles en 1732; élève de Verendael.

21. — TABLEAU DE FRUITS ET DE FLEURS.

Sur une table drapée d'un tapis vert sombre, un vase d'argent à demi renversé contient des fraises admirablement peintes et en laisse échapper d'autres. Près de là, des groseilles pendent au bord de la table et des roses s'épanouissent. Plus loin, sur la gauche, se groupent et s'échelonnent un couteau à manche d'ivoire, un citron entamé, un vase de cristal et une branche de cerisier avec des cerises mûres. Au second plan, un panier d'osier contient des raisins blancs et une branche à laquelle sont attachées deux poires. Tout à fait dans l'ombre se dessine vaguement un grand verre à pied.

Bois. Haut., 59 cent. 1/2. Larg., 46 cent. 1/2.

MOUCHERON

(FRÉDÉRIC)

Fils d'un Anversois proscrit par le duc d'Albe, né à Embden en 1665, mort à Amsterdam en 1686; élève de Jean Asselyn.

22. — PAYSAGE.

Près de hauts rochers, deux cascades remplissent un bassin pierreux, au bord duquel s'élève un groupe d'arbres. Un personnage, muni d'un crayon, semble dessiner la principale chute d'eau; un second individu examine la nappe frémissante. Des arbustes se dressent au delà du bassin, une campagne accidentée forme la perspective.

Toile. Haut., 35 cent. Larg., 47 cent.

MYTENS

(MARTIN)

Né à La Haye, en 1630 ou 1640, mort on ne sait en quelle année; élève de son père, Isaac Mytens.

23. — PORTRAIT D'UNE DAME.

Elle est assise dans un fauteuil, la main gauche appuyée sur son genou, et semble montrer un objet de la main droite.

Bois. Haut., 30 cent. Larg. 20 cent.

NYTS

(YVES OU YSBRANDT)

Peintre qui doit être né dans les provinces gallicanes de la Belgique. Le 15 mars de cette année, M. Haro a vendu un tableau de sa main qui portait la signature : *Y. Nyts*, 1663; il représentait la ville de Namur et la campagne d'alentour.

24. — PAYSAGE.

Sur un plateau, où s'élève un grand arbre, près d'un massif de verdure, deux femmes assises sont abordée par une troisième. Le plateau domine une vallée dont les pentes et la physionomie rappellent les bords de la Meuse. Au fond serpente le fleuve, qui, après plusieurs détours, se perd dans le lointain.

Cuivre. Haut., 23 cent. Larg., 28 cent.

OMMEGANCK

(BALTHAZAR)

Né à Anvers le 26 décembre 1755, mort dans la même ville le 18 janvier 1826 ; élève du paysagiste Antonissen.

25. — L'ABREUVOIR.

Près d'une côte nue, au pied de laquelle se dressent quelques arbres, une flaque d'eau entretenue par les pluies ou par une source, dort dans la pénombre : deux vaches y sont descendues, dont l'une est occupée à boire. Au même plan, plus à gauche, deux moutons se reposent sur l'herbe. Plus loin, un berger assis, près duquel broute une chèvre, garde et surveille son bétail. Un lointain vaporeux et un ciel parsemé de nuages composent le fond.

Tableau exécuté de la manière la plus fine du maître.

Bois. Haut. 23 cent. 1/2. Larg., 20 cent.

PEETERS

(BONAVENTURE)

Né à Anvers, baptisé dans l'église Sainte-Walburge le 25 juillet 1614, mort à Hoboken, près d'Anvers, le 25 juillet 1652.

26. TEMPÊTE SUR LA MER.

Les vagues se précipitent avec furie contre de hauts rochers, dont les formes ne sont pas moins tragiques, moins tourmentées que celles des flots. Les pics tordus montent lugubrement vers le ciel, les corniches où végètent d'âpres buissons se projettent tristement sur l'abîme. Au centre de la falaise, une caverne béante s'ouvre comme une gueule, dans laquelle blanchissent des lames. Tout auprès, une lourde gabarre flotte à la dérive, et elle sera protégée par le destin, si elle ne se brise pas contre l'écueil. Les mâts, les bordages d'un navire englouti, que ballotte la tempête, semblent prédire le sort qui l'attend. Plus loin, un grand navire, penché sous la rafale, est menacé de la même catastrophe : les vagues se jouent de sa coque élégante, qui porte les initiales du peintre. Le ciel est agité, convulsif comme la mer : des nuages sombres y courent avec fureur, laissant à peine découvrir un pan d'azur.

Bois. Haut. 22 cent., Larg., 37 cent.

Les trois frères Peeters, Gilles, Bonaventure et Jean, sont les seuls marinistes qu'ait produits l'école d'Anvers. Le Louvre et les différents musées de Belgique ne possèdent aucun tableau exécuté par l'un d'eux.

POURBUS LE FILS

(FRANÇOIS)

Né à Anvers en 1571, mort à Paris en 1622.

27. — PORTRAIT DE GASTON, FRÈRE UNIQUE DE LOUIS XIII.

Le prince est âgé d'environ dix ans et porte le grand cordon de l'ordre du Saint-Esprit. Il a la tête nue et appuie sa main gauche sur sa hanche. Son costume, d'une opulence toute royale, a été reproduit par l'artiste avec la patience minutieuse et l'habileté extraordinaire qui avaient contribué à le rendre célèbre. Ce tableau est dans sa seconde manière, où il avait abandonné le coloris empâté et lustré du seizième siècle.

Toile. Haut., 54 cent. Larg., 42 cent.

Trois portraits gravés de Gaston, que possède le CABINET DES ESTAMPES, à la Bibliothèque nationale, prouvent que notre tableau représente bien le jeune duc d'Orléans, frère unique de Louis XIII, né à Fontainebleau le 25 avril 1608, mort en 1660. L'un, sans nom de graveur, est dessiné au milieu d'un ovale, dont la bordure offre cette inscription : *Le povrtrait av natvrel de Monsievr, frère dv Roy.* Le jeune prince, quand cette image fut exécutée, avait le même âge que sur notre toile, ce qui rend la similitude décisive : il y porte le grand cordon du Saint-Esprit en sautoir.

Le second portrait, sans nom d'auteur comme le premier, occupe aussi le champ d'un ovale, autour duquel tourne un exergue, où on lit les mots : *Jean-Baptiste-Gaston de Bovrbon, frère vnique dv Roy.* Le nom de l'imprimeur y est seul indiqué : N. DE MATHANIER EX.

La troisième effigie est la reproduction d'un tableau de Van Dyck, reproduction dessinée par Soutman, gravée par Pierre van Sompel. L'original avait été peint en 1626 : le prince était jeune encore, et sa figure avait conservé les formes rondes, le précoce embonpoint qu'il avait six ou sept années auparavant. Il ne saurait donc y avoir le moindre doute sur l'identité du personnage.

28. — PORTRAIT DE LA COMTESSE DE MORET.

Elle passe pour avoir été la maîtresse de Henri IV. L'artiste l'a peinte dans un élégant négligé, les cheveux dénoués, la poitrine à demi-nue, comme une personne de mœurs peu sévères, portant une simple robe brune, que recouvre une opulente pèlerine de guipure. Un collier d'énormes perles environne son cou, et d'autres perles pendent à ses oreilles.

Un portrait de la comtesse, en habits de cour, orne la galerie de Versailles. Il a été gravé dans la publication de Furne.

Toile. Haut., 66 cent. Larg., 50 cent.

PYNACKER

(ATTRIBUÉ A)

Né à Pynacker, près de Delft, en 1621, mort en 1673. Comme on ignore son nom de famille, on le désigne d'après le lieu de sa naissance.

29. — EFFET DE SOLEIL COUCHANT.

Deux grands arbres, qui traversent tout le tableau, se perdent dans le cadre. A gauche, le soleil, déjà disparu, inonde le ciel de ses rayons et dore de légères vapeurs. Des paysans qui se reposent, sur la droite, examinent ce spectacle.

Toile. Haut., 64 cent. Larg., 80 cent.

QUELLIN LE VIEUX

(ÉRASME)

Élève de Rubens, né à Anvers le 19 novembre 1607, mort dans la même ville le 11 novembre 1678.

30. — LE JUGEMENT DE SALOMON.

Le roi d'Israël, beau jeune homme vêtu à la romaine et portant la couronne au front, est assis sur un trône que domine un baldaquin aux draperies amarantes. Les deux mères se tiennent debout devant lui et plaident leur cause. Celle qui réclame contre toute justice, montre de la main gauche l'enfant mort, étendu au pied du trône. Près de la vraie mère, le bourreau tient déjà l'autre enfant suspendu en l'air par un pied et s'apprête à le diviser en deux. Mais celle qui l'a porté dans son sein, frémit du danger qu'il court, arrête d'une main le bras de l'exécuteur, pendant que de l'autre elle fait vers sa rivale un geste accusateur. Salomon la touche de son sceptre en signe de protection. Un vieillard placé près d'elle et coiffé d'une calotte rouge examine la scène avec des besicles. Derrière la fausse mère, un autre vieillard, au type régulier, à l'œil fin, semble prêter l'oreille. Des soldats munis de hallebardes occupent le fond, sur la droite.

Toile. Haut., 1 m. 72 cent. Larg., 2 m. 20 cent.

Érasme Quellin le père a eu la même destinée que Jean van Hoeck, cet autre élève de Rubens qui n'occupe pas dans l'histoire de l'art et dans l'opinion des amateurs la place à laquelle son mérite lui donne un droit incontestable. L'analogie de sa manière avec celle de Van Dyck, les teintes chaudes mêlées sur ses pages au coloris et aux tons de Rubens, les ont fait croire du peintre favori de Charles Ier. Il a, comme son émule, des types plus délicats, un goût plus raffiné que le maître de l'école anversoise. La spéculation aussi a pris part à cette injustice, le nom de Van Dyck était plus favorable et plus commode pour la vente que celui d'Érasme Quellin. Mais notre siècle, avide d'exactitude historique, tiendra, sans le moindre doute, à restituer au condisciple d'Antoine les ouvrages qu'il a exécutés et la gloire qui lui est due. Nous signalons aux connaisseurs le *Jugement de Salomon* comme une de ses œuvres les plus importantes.

REMBRANDT

(ÉCOLE DE)

31. — PORTRAIT DE JEUNE FEMME.

Elle est debout, vue à mi-corps. De la main droite, elle écarte un rideau. D'après son costume, on dirait une de ces fiancées juives qu'aimait tant à peindre Rembrandt. Sur ses longs cheveux dénoués, elle porte une couronne; un collier à grains d'or, une chemisette ou guimpe de mousseline ornent son cou et le haut de son buste.

Bois. Haut., 70 cent. Larg., 49 cent.

RUBENS

(PIERRE-PAUL)

Né à Siegen, dans le duché de Nassau, le 29 juin 1577, mort à Anvers le 30 mai 1640.

32. — SAINTE MADELEINE REPENTANTE.

La pécheresse convertie est représentée dans une grotte, près de l'orifice, qui laisse apercevoir un coin du ciel. La courtisane éplorée tourne la tête vers ce pan d'azur, dans l'attitude la plus pathétique. Jamais le repentir, la douleur morale n'ont été mieux rendus. Cette belle tête, aux grands yeux expressifs, au nez délicat, à la bouche ravissante, au teint frais et juvénile, rappelle les traits d'Hélène Fourment, la seconde femme de Pierre-Paul, sans les reproduire exactement. De grosses larmes, qui miroitent à la lumière comme des larmes véritables, coulent sur les joues de la sainte. Ses longs cheveux d'un brun clair, à reflets dorés, tombent magnifiquement autour d'elle. La courtisane sanctifiée presse ses deux mains sur sa poitrine, par un mouvement des plus heureux et des plus expressifs. Elle est nue jusqu'aux reins, vue jusqu'aux genoux : une draperie blanche enveloppe le bas de son corps. L'exécution des chairs rappelle étonnamment les fameuses néréïdes du *Débarquement de Marie de Médicis*, au Louvre, mais ici la facture est plus moelleuse, plus vive et plus délicate. Placée à côté du fameux *Chapeau de paille*, cette Madeleine soutiendrait la comparaison. Exécutée par l'auteur dans les derniers temps de sa vie, comme la toile qui orne maintenant son tombeau, à l'église Saint-Jacques d'Anvers, elle nous montre son talent parvenu à son plus haut point de force, d'expérience et de suavité.

Pour l'histoire de la *Madeleine repentante*, voyez la préface de ce catalogue.

Toile. Haut., 97 cent. Larg. 74 cent

SNYDERS

(FRANÇOIS)

Elève de Rubens, né à Anvers en 1579 et baptisé dans la cathédrale le 11 novembre, mort dans la même ville le 25 août 1657.

33. — PORTRAIT D'UN MAJORDOME.

Il a le visage tourné à gauche, le cou nu, un pourpoint vert sombre, sur lequel tranche vivement son col de chemise rabattu. Il tient dans ses bras une tête de sanglier. Le personnage s'enlève sur un fond clair, parsemé de légers nuages.

Ce portrait, que Snyders avait fait avec un soin tout particulier, lui a servi de modèle pour l'unique personnage peint dans son magnifique tableau de gibier, de poissons et de fruits, marqué du n° 72 dans la collection Salamanca, vendue au mois de janvier dernier. Il était placé sur la droite, dans la même attitude, et portait aussi une tête de sanglier.

Tableau rare dans l'œuvre de Snyders, qui n'a presque jamais peint de portraits.

Toile. Haut., 72 cent. Larg. 59 cent.

STEVENS

(PIERRE)

Né à Malines en 1550, mort dans la même ville vers 1620. Il avait longtemps habité Prague, où il était un des peintres favoris de l'empereur Rodolphe II.

34. — PAYSAGE.

Il représente l'embouchure d'un fleuve qui va se perdre au loin dans la mer. A droite et à gauche, des arbres minutieusement exécutés ornent ses rives : un pont enjambe son cours. Au premier plan se trouve représentée une allégorie voluptueuse; près de Bacchus endormi, Ariane toute nue se chagrine. Vénus, Minerve et le Temps paraissent lui offrir des consolations. Au-dessus d'elle, trois petits Amours planent avec des couronnes. Cela veut dire, probablement, que si le vin a rendu Bacchus insensible, la belle délaissée trouvera d'autres galants.

Cuivre. Haut., 35 cent. Larg., 48 cent.

Tous les tableaux de Pierre Stevens, comme ceux de Roland Savery, ont été attribués jusqu'ici à Paul Bril, ou aux divers membres de la famille Brueghel, sur les catalogues français. Pierre Stevens et Roland Savery traitent les feuillages de la même manière; mais le coloris du dernier peintre est plus chaud et plus harmonieux.

35. — PAYSAGE.

Dans un site champêtre, dont l'exécution révèle l'influence de Roland de Savery, compagnon de Stevens à la cour de Prague, est mise en scène la parabole du bon Samaritain. Au second plan chemine le lévite sans cœur:

au premier, sous un massif d'arbres, le généreux schismatique, descendu de cheval, soigne le blessé. Les personnages sont traités dans le goût de Joseph Heins et de Rottenhamer, qui partageaient avec Stevens les bonnes grâces de l'empereur d'Allemagne.

Cuivre. Haut., 21 cent. Larg., 26 cent.

TENIERS PÈRE

(DAVID)

Né à Anvers 1582, mort dans la même ville en 1649; élève de son frère Julien Téniers.

36. — LA DISEUSE DE BONNE AVENTURE.

Sur un chemin tournant, un vieux campagnard, escorté de son petit garçon et d'un chien, est arrêté devant une vieille bohémienne, qui lui tient la main et lui prédit l'avenir. Le reste de la troupe nomade, deux femmes et un nourrisson, occupent le premier plan. Près du chemin serpente une rivière, au delà de laquelle s'aligne une rangée d'arbres. Dans le lointain, on aperçoit le clocher d'un village : des nuées traversent le ciel, où volent deux couples de pies très-bien exécutées.

Signature authentique.

Bois. Haut., 27 cent. 1/2. Larg. 36 cent. 1/2.

On ne connaît pas un seul tableau de David Teniers le vieux qui porte une date antérieure aux débuts de son fils. La ressemblance de leurs compositions rend donc très-difficile la séparation de leurs ouvrages. Leurs gravures ont la même similitude. Pour distinguer leurs tableaux, on en est réduit à se baser sur la facture, beaucoup plus rude dans les œuvres du père que dans celles du fils. Ils signaient l'un comme l'autre; mais la signature de notre panneau a une physionomie spéciale, qui permet de l'attribuer à David Teniers le père avec une certitude presque absolue.

Les musées de Dresde, de Vienne et de Lille renferment seuls des tableaux que l'on estime de sa main.

TENIERS FILS

(DAVID)

Né à Anvers en 1610, mort à Bruxelles en 1694; élève de son père et de Rubens.

37. — LE TRIOMPHE DE LA SORCIÈRE.

La scène a lieu un jour de Sabbat. La sorcière, un balai entre les jambes, se tient en avant de la troupe diabolique, comme un général qui précède son armée. Derrière elle sont rangés en demi-cercle toutes sortes de personnages fantastiques. Une virago, montée sur un bouc, les seins nus et la tête coiffée d'un bonnet pyramidal, porte en guise d'étendard un balai dans lequel sont plantées trois chandelles. Non loin de là se prélasse un individu, qui appuie sur son épaule le tuyau d'un énorme soufflet. De ses deux voisins, l'un brandit un fémur, l'autre a les bras chargés d'un grand pot de terre. Au fond, passe avec une gravité sinistre un long vieillard, monté sur un chameau. Plusieurs femmes aux traits durs et masculins, vêtues de robes sordides, occupent le premier plan : l'une d'elles a pour drapeau un énorme balai. Une sorte de truand, le chapeau rabattu sur le nez, renverse comiquement la tête en arrière. Toute cette canaille diabolique regarde la sorcière avec des expressions goguenardes. Elles ont un caractère spirituel, une finesse malicieuse, que Teniers lui-même n'a pas atteint souvent.

Signé en toutes lettres, dans le bas de la toile, vers le milieu : *D. Teniers.*

Bois. Haut., 38 cent. Larg., 50.

Aux persécutions pour crime d'hérésie avaient succédé, sous Albert et Isabelle, les procès et les condamnations pour sorcellerie. Les bûchers fumaient sur tous les points de la Belgique. A Douai, cinquante malheureux furent brûlés en un seul jour. Ce commerce supposé de pauvres créatures, hommes, femmes et enfants, avec le démon, était la grande préoccupation de l'époque. Elle explique pourquoi David Teniers, ce ***réaliste*** par excellence, a peint tant de scènes *fantastiques.*

THOMAS

(JEAN)

Élève de Rubens, né à Ypres, baptisé dans l'église Saint-Martin le 5 février 1617, mort à Vienne en 1673. Peintre officiel des empereurs d'Allemagne Ferdinand III et Léopold Ier.

38. — LA RÉSURRECTION DU CHRIST.

Jésus sort du tombeau, non pas en s'élançant vers le ciel, mais en marchant sur la terre. De la main droite, il porte une palme, et, de la gauche, il tient la hampe de l'étendard traditionnel, qui, depuis les premiers temps du moyen âge, indiquait son triomphe sur la mort. Pendant qu'un des gardiens dort d'un profond sommeil, les autres, frappés de terreur, s'apprêtent à fuir, ou se mettent sur la défensive. Un soldat, coiffé d'un bonnet rouge, a la plus grande similitude avec les personnages de Rubens. Tous les artistes qui ont vu ce tableau en ont admiré la belle couleur, la touche hardie et le savant clair-obscur.

Mais il importe de signaler les formes trapues du Rédempteur : elles sont comme la signature de Jean Thomas, que ces proportions fâcheuses signalent entre tous les élèves de Rubens. Il faisait probablement poser dans son atelier des modèles brabançons, la race brabançonne se distinguant par cette conformation exceptionnelle, comme on peut le voir sur les tableaux des Teniers père et fils, qui retraçaient la population des campagnes situées autour de Bruxelles.

La *Résurrection* provient du cabinet du comte d'Hane de Steenhuyse, à Gand.

Bois. Haut., 65 cent., Larg. 50 cent.

Tous les tableaux de Jean Thomas ont été jusqu'ici vendus en France sous le nom de Rubens. Nous pourrions en citer des preuves curieuses et toutes récentes. Ce morceau du peintre officiel de la cour d'Autriche est le premier qu'on offre au public parisien sous le nom de son véritable auteur.

VAN DEN BOSCH

(LOUIS JANSZ)

Né à Bois-le-Duc vers la fin du xve siècle; quelques auteurs ont fixé arbitrairement à l'année 1451 la date de sa naissance, la date de sa mort est inconnue. Fondateur du genre où Abraham Mignon, David de Heem et Van Huysum ont brillé par la suite.

39. — PAYSAGE FANTASTIQUE.

Un arbre campé sur un tertre et dont on n'aperçoit que le tronc, brode le sol de ses racines apparentes : le tertre fait partie d'un groupe de montagnes, car un flot de vapeurs sépare cette éminence d'une éminence plus haute. Des coquillages minutieusement peints sont éparpillés çà et là. Une grenouille anime seule le paysage désert.

Bois. Haut., 35 cent. Larg., 27 cent.

Tableau curieux pour l'histoire de l'art et d'une extrême rareté.

VAN FALENS

(KARL)

Né à Anvers en 1684, mort à Paris le 29 mai 1733.

40. — CAMPEMENT DE TROUPES.

Au premier plan, on soigne les montures des cavaliers qui viennent de quitter la selle ; une jeune femme s'apprête à laver du linge dans une mare, un gamin en poursuit un autre. Les officiers descendus de cheval causent ensemble. Au second plan, des maisons et des tentes ; dans le lointain, une campagne au sol ondulé.

Les personnages et les chevaux sont dignes de Philippe Wouwerman, que Van Falens imitait.

Bois. Haut., 35 cent. Larg., 45 cent.

VAN HOECK

(JEAN)

Élève de Rubens, baptisé à Anvers le 6 septembre 1598, mort à Bruxelles en 1651.

41. — SAINT MATHIEU ACCOMPAGNÉ DE SON ANGE.

L'apôtre est assis sur un fauteuil et tient dans sa main droite l'instrument nommé *style*, dont les anciens se servaient pour écrire. Penché dans une attitude expressive, l'ange que la tradition lui associe comme un symbole, paraît l'inspirer. Dans la belle et noble tête de saint Mathieu, l'énergie du caractère s'unit à la force de l'intelligence. Son épais manteau gris rehausse par opposition ses traits mâles et sa barbe sombre. Ce type d'homme résolu convient à l'existence nomade, à la vie agitée d'un propagateur de la foi.

Toile. Haut., 1 m. 11 cent. Larg., 88 cent.

Les tableaux de Jean van Hoeck ont été jusqu'ici, presque sans exception, attribués à Antoine van Dyck. L'auteur avait obtenu pendant sa vie les plus brillants succès. Ferdinand II, empereur d'Allemagne, le nomma son peintre officiel. L'archiduc Léopold, le célèbre amateur, partageait ses bonnes grâces entre lui et David Teniers, le fils. Quand il fut envoyé dans les Pays-Bas, comme gouverneur, en 1647, il ne voulut point quitter Vienne sans l'avoir pour compagnon. Après la mort de Jean Van Hoeck, on a confisqué ses tableaux et sa gloire au profit de Van Dyck. Mais cette injustice même prouve son talent supérieur.

VAN MOL

(PIERRE)

Né à Anvers en 1599, baptisé dans la cathédrale le 17 novembre; mort à Paris le 8 avril 1650.

42. — DESCENTE DE CROIX.

L'ordonnance de ce tableau diffère de celle que la plupart des peintres ont adoptée. Il ne figure pas le moment où l'on détache du gibet le divin supplicié : le cadavre est déjà descendu au pied de la croix. Un homme cramponné à l'échelle le soutient encore au moyen du linceul. Joseph d'Arimathie, beau vieillard aux traits réguliers, le porte par les épaules; le disciple fidèle tient les jambes tuméfiées et noircies. A gauche du martyr, la Vierge, soutenue par Marie Salomé, tombe en syncope. Madeleine debout, naïve jeune fille, touche respectueusement un bras du Christ. Le vase sanglant, les clous et la couronne d'épines sont réunis, à gauche, sur la terre.

Toile. Haut., 3 m. 54 cent. Larg., 2 m. 28 cent.

Pierre Van Mol fut un des fondateurs de notre Académie des Beaux-Arts. Justement indigné, comme tous les peintres et sculpteurs, de l'inepte domination qu'exerçait la confrérie de Saint-Luc, il s'entendit avec deux autres Flamands, le coloriste Juste Van Egmont et le statuaire Gérard Van Opstal, pour seconder les plans de Lebrun. Il fit partie de la nouvelle société dès l'origine. Ses tableaux sont devenus extrêmement rares : on ne connaissait jusqu'à présent que sept toiles de sa main, disséminées depuis Marseille et Paris, jusqu'à Reims, Berlin, Amsterdam et Copenhague : la *Descente de croix* sera la huitième.

VERBECK

(PIERRE C.)

Originaire de Harlem, maître de Philippe Wouwerman; on ne sait ni à quelle époque il est venu au monde, ni à quelle époque il est mort; mais on a trouvé sur ses ouvrages des dates qui vont de l'année 1619 à l'année 1639.

43. — HALTE DE CHASSE VERS LE SOIR.

Au premier plan sont assis ou couchés des personnages qui devisent et se reposent. Derrière eux, on voit un cavalier descendu de cheval et une jeune dame restée en selle.

Au second plan se dessine un autre groupe de cavaliers, délicatement éclairés par les dernières lueurs du jour. Un coteau boisé, qui s'élève près d'eux, et un paysage accidenté entraînent la vue dans le lointain.

T c Haut . 54 cent. Larg. 72 cent.

VERELST

(SIMON)

Né à La Haye, on ne sait en quelle année; reçu franc-maître dans la corporation de Saint-Luc de la même ville en 1665, mort à Londres, où il s'était établi fort jeune, où il avait obtenu les plus grands succès. On ignore à quelle époque il cessa de vivre.

44. — TABLEAU DE FRUITS.

Sur une tranche de marbre veiné repose une assiette de porcelaine, où se trouvent la moitié d'une pêche avec son noyau, une noix entière et une noix dépouillée de sa coque. Autour de l'assiette et à côté se groupent un melon entamé, une branche de ronce avec ses mûres, une grappe de raisin muscat, une grappe de raisin blanc, des nèfles, une pomme, des pêches très-mûres et des pêches mûrissantes. Quelques papillons voltigent autour des fruits, et un colimaçon rampe sur la tablette de marbre.

Toile. Haut., 54 cent. Larg., 68 cent.

WATERLOO

(ANTOINE)

Né à Utrecht, on ne sait en quelle année, reçu franc-maître dans la corporation de Saint-Luc en 1619, mort vers 1670, pensionnaire de l'hospice Saint-Job, dans la même ville.

45. — PAYSAGE.

Maison rustique, entre deux groupes d'arbres, sur le bord d'un chemin, où passe un paysan vêtu d'une casaque rouge.

Bois. Haut., 15 cent. Larg., 24 cent.

ÉCOLES DU MIDI

(ITALIE ET ESPAGNE)

ALLORI

(ALEXANDRE)

Né à Florence en 1535, mort en 1607; élève de son oncle maternel Bronzino, dont il empruntait et signait parfois le nom.

46. — PORTRAIT DE DAME.

Elle est vue de face et porte une coiffure italienne, d'une forme singulière. Une immense collerette de toile, garnie de dentelle, enveloppe son cou. Sa robe splendide a l'aspect le plus étrange, aussi bien que le triple collier qui tombe de ses épaules.

Bois. Haut., 65 cent. Larg., 50 cent.

BELLINI

(JEAN)

Né à Venise en 1424, mort dans la même ville en 1514, âgé de 90 ans.
Élève de son père, Jacques Bellini.

47. — PORTRAIT DE LA COMTESSE CONTARINI.

Coiffée à la mode du règne de Henri II, elle est vue de trois quarts, la figure tournée vers la gauche. D'énormes perles et un gros joyau, qui maintient en l'air une touffe de cheveux, ornent sa tête ; une perle plus grosse encore pend à une quadruple chaîne d'or, qui descend de ses épaules sur sa poitrine.

La comtesse Contarini était la fille du doge Candiano IV, décapité pour cause politique.

Sur ce panneau, dans un état de conservation remarquable, le coloris fin et émaillé de l'ancienne école s'unit à l'influence évidente du Giorgione, double circonstance qui dénote la seconde manière de Jean Bellini.

Bois. Haut., 56 cent. Larg., 35 cent.

BELLINI

(ATTRIBUÉ A JEAN)

48. — SAINT SÉBASTIEN.

Le martyr, percé d'une flèche, regarde le ciel comme pour invoquer sa justice. On remarque dans ce personnage l'extrême largeur de la poitrine, conforme au goût du Giorgione, de Jean Bellini et d'une partie de l'ancienne école vénitienne. Les cheveux sont disposés suivant la mode en usage dans la ville des lagunes.

Une vieille inscription, qui se trouve sur la gauche, est ainsi disposée :

✝

R. S.

Urb. 1504.

I.

Bois. Haut., 48 cent. Larg., 38 cent.

BELTRAFFIO

(ANTOINE)

Né à Milan en 1467, mort en 1516; élève de Léonard de Vinci.

49. — LE CHRIST PORTANT SA CROIX.

Bois. Haut., 40 cent. Larg., 26 cent.

« Beltraffio marcha respectueusement sur les traces de Léonard, dit M. Rio, mais ce fut pour se pénétrer de son esprit dans la mesure que comportaient ses propres tendances. Moins idéal que net et vigoureux dans ses conceptions, il s'attacha de préférence au genre que ses condisciples semblaient négliger, c'est-à-dire au portrait, et il sut si bien caractériser ses personnages, que, sous ce rapport, il atteignit presque à la perfection de son modèle, donnant comme lui une consistance plastique à ses figures, mais sacrifiant trop le charme pittoresque à la vigueur du relief. Son dessin, généralement irréprochable, est parfois sévère jusqu'à la dureté, et l'on comprend sans peine qu'il ait laissé à d'autres le mérite d'imiter ou de reproduire Léonard dans ses compositions gracieuses. » (*Léonard de Vinci et son École*, pages 205 et 206.)

BORDONE

(PARIS)

Né à Trévise en 1500, mort à Venise en 1570. Élève du Titien. Il a résidé 4 ans en France, où il travailla surtout pour les Guise.

50. — ÉLÉONORE D'ESTE.

Femme-poëte, sœur d'Alphonse II, aimée par le Tasse. Elle tient à la main un rouleau de papier, qui indique son talent littéraire. Elle a la tête tournée vers la gauche, la poitrine presque nue, et ses opulents cheveux bruns tombent élégamment sur ses épaules. La couleur particulière du maître vénitien constate l'origine du tableau.

Toile. Haut., 85 cent. Larg., 72 cent.

CALIARI

(GABRIEL)

Fils aîné de Paul Véronèse, né à Venise en 1568, mort en 1631.

51. — PORTRAIT DE DAME.

Elle est vue de face et porte une robe blanche, brodée en or : une immense fraise de dentelle environne son cou. Elle tient à la main un médaillon, qui est suspendu à un collier d'or.

Toile. Haut., 75 cent. Larg., 60 cent.

CAVALUCCI

(ANTOINE)

Né à Sermoneta vers 1752, mort à Rome en 1795; élève de Raphaël Mengs et de Battoni.

52. — LA SAINTE FAMILLE.

Le petit Jésus s'est endormi sur les genoux de la Vierge, qui le contemple avec amour : Saint Joseph tient un coin de l'étoffe déployée comme un lange sous le Christ enfant.

Toile ovale. Haut., 42 cent. Larg., 35 cent.

DOMINIQUIN

(DOMENICHINO ZAMPIERI, APPELÉ ORDINAIREMENT LE)

Né à Bologne en 1581, mort à Naples en 1641.

53. — SAINT JÉROME DANS LE DÉSERT.

Assis sur une roche moussue, l'anachorète tient dans sa main gauche une tête de mort, dans sa main droite une croix de roseaux. Une vaste campagne se déroule autour de lui.

Toile. Haut., 25 cent. Larg., 34 cent.

FERRARI

(GAUDENZIO)

Né à Valduggia, dans le Milanais, en 1484, mort en 1549. Élève de Léonard de Vinci.

54. — SUICIDE DE LUCRÈCE.

Debout au milieu du tableau, la poitrine à demi-nue, la femme héroïque vient de se blesser au-dessous du sein gauche. Les yeux tournés vers le ciel avec un sentiment de profonde douleur, elle tient le poignard levé pour se frapper une seconde fois. Ses longs cheveux à reflets d'or tombent sur ses épaules et plus bas encore. Une tunique blanche et une robe bleue, admirablement exécutées, forment son costume. A gauche de l'héroïne, Titus Lucretius, son père, la saisit par sa robe et par le haut de son bras droit, comme s'il voulait empêcher son généreux sacrifice; mais il hésite dans son mouvement, parce que cette mort stoïque lui semble nécessaire. Tarquin Coliatin, mari de Lucrèce, exprime par son geste et son visage la consternation d'une douleur passive. Mais Brutus, qui doit venger la victime, regarde d'un air sombre et menaçant l'épisode tragique. La scène a lieu dans un monument romain, qui, par une arcade ouverte, laisse apercevoir le ciel. Couleur d'une finesse et d'une solidité incomparables, à laquelle trois siècles et demi n'ont pu porter le moindre préjudice.

Bois. Haut., 1 m. 3 cent. Larg., 76 cent.

Vasari n'ayant consacré que deux phrases à Gaudenzio Ferrari, ce laconisme excessif lui a nui jusqu'à la fin du siècle dernier, où parut l'ouvrage de Lanzi. Le grave historien témoigne pour son talent la plus haute admiration. Lomazzo l'avait placé parmi les sept chefs, les sept grands dieux de la peinture, en éliminant le Corrège (*Idea del Tempio della Pittura*, p. 51); mais le livre bizarre, où il le prône ainsi, était peu lu en Europe. L'heure de la justice n'arriva pour lui que quand l'historien de la peinture italienne, après avoir loué son génie inventif, exalta ses autres mérites avec enthousiasme. « Il parut unique, dit-il, pour rendre la majesté du Créateur, les mystères de la religion, les attendrissements de la piété. Il excellait dans les choses fortes; non point qu'il outràt la musculature, mais il choisissait des attitudes originales, c'est-à-dire terribles et fières, quand le motif le demandait. Sa *Conversion de saint Paul*, au monastère Vercelli, est la peinture qui m'a le plus fidèlement rappelé l'œuvre de Michel-Ange dans la chapelle Pauline. »

Il y a longtemps que Gaudenzio aurait dû être placé au même rang que Bernardino Luini, pour ne pas dire au-dessus.

GESSI

(FRANCESCO)

Élève du Guide, né à Bologne en 1588, mort en 1649.

55. — DANAÉ.

La jeune fille cupide, assise sur son lit, regarde avec complaisance la pluie d'or qui tombe dans son giron. L'Amour aussi regarde les pièces de métal, mais son attitude et son visage n'expriment que l'étonnement.

Toile. Haut., 34 cent. Larg., 43 cent.

GRANDI

(HERCULE)

Né à Ferrare en 1491, mort en 1531; école de Ferrare.

56. — HERCULE ENTRE LA SAGESSE ET LA VOLUPTÉ.

Vénus et Minerve personnifient les bons et les mauvais penchants. Le jeune dieu, appuyé sur sa massue, paraît profondément réfléchir et semble livré à la plus grande incertitude. Deux petits amours voltigent derrière lui : l'un lui montre la déesse de la volupté, l'autre lui présente une coupe.

Annibal Carrache a exécuté un tableau presque pareil, qui orne le Musée royal de Naples.

Toile. Haut., 28 cent. Larg., 23 cent.

GUERCHIN

(JEAN-FRANÇOIS BARBERI, SURNOMMÉ LE)

Né à Cento, près de Ferrare, en 1590, mort en 1666.

57. — TRANSLATION DES RESTES DE SAINTE PÉTRONILLE.

Une ancienne légende rapporte que cette chrétienne des premiers jours, fille de l'apôtre saint Pierre, étant morte dans l'exercice de toutes les vertus prescrites par l'Évangile, fut ensevelie modestement sur le chemin d'Ardée. Au huitième siècle, le pape Paul III lui fit construire un plus digne tombeau sous les voûtes de l'église métropolitaine et ordonna d'exhumer son corps; grande fut la surprise des spectateurs, quand on vit ses restes merveilleusement conservés.

Le tableau représente le moment où la sainte fille est descendue dans le caveau funèbre : deux hommes vigoureux, placés près de l'orifice, portent la dépouille vénérée au moyen d'écharpes, tandis qu'un fossoyeur invisible tend les mains pour la soutenir. A droite, un jeune seigneur richement vêtu et deux personnages plus âgés expriment leur admiration par leurs attitudes, leurs gestes et leurs physionomies ; un adolescent qui tient un flambeau et se penche pour voir la bienheureuse, marque plus d'étonnement encore ; près de lui, deux assistantes versent des larmes.

Le haut de la toile nous fait assister à la glorification de sainte Pétronille. Elle est reçue dans le ciel par le Christ lui-même, entouré d'anges et de chérubins ; pendant qu'elle se prosterne devant le Rédempteur, un angelet suspend une couronne au-dessus de sa tête.

Toile. Haut., 1 m., 70 cent. Larg., 1 m. 20 cent.

En 1625, le Guerchin exécuta pour l'église Saint-Pierre, à Rome, un tableau dont celui-ci est la réduction. La grande toile fut transportée plus tard dans la galerie du Capitole et remplacée par une copie en mosaïque. Une autre copie, de la même dimension que l'original, décore l'église Saint-Gervais et Saint-Protais, à Paris. La *Sainte Pétronille* passe pour le chef-d'œuvre de l'auteur et pour un des chefs-d'œuvre de la peinture. Notre tableau, qui est contemporain de la grande toile et qui en a toutes les qualités, fut certainement exécuté par le Guerchin lui-même, à la demande de quelque amateur.

58. — MATER DOLOROSA.

La Vierge porte la mantille bysantine et regarde avec désolation vers la gauche, comme si elle voyait son fils mourir sur la croix.

Bois. Haut., 35 cent. Larg., 24 cent.

GUIDE

(GUIDO RENI, COMMUNÉMENT APPELÉ LE)

Né à Bologne en 1575, mort en 1642.

59. — MORT DE CLÉOPATRE.

La reine déchue est assise au bord d'un lit de repos. Dans chaque main, elle tient un aspic, et elle regarde le ciel avec un sentiment de profonde douleur.

Signé des initiales : *G. R.*

Toile. Haut., 40 cent. Larg., 32 cent.

JULES ROMAIN

(GIULIO PIPI, CONNU SOUS LE NOM DE)

Né à Rome en 1492, mort à Mantoue en 1546.

60. — TRIOMPHE D'AMPHITRITE.

La déesse est assise dans une conque portée par deux dauphins. Une étoffe, qu'elle tient de ses deux mains et que gonfle la brise, l'entraîne comme une voile. De petits amours voltigent autour d'elle.

Cuivre. Haut., 26 cent. Larg., 22 cent.

MOLA

(PIERRE-FRANÇOIS)

Né en 1621, à Coldré, dans le Milanais, mort subitement en 1666; élève de l'Albane et du Guerchin.

61. — SAINT JEAN-BAPTISTE ENFANT.

Le futur annonciateur est couché sur le gazon, près de l'agneau mystique, à l'ombre d'une touffe d'arbres. Il examine naïvement trois têtes de chérubins, qui voltigent devant lui.

Cuivre. Haut., 30 cent. Larg., 25 cent.

NUVOLONE

(PANFILO)

Né à Crémone en 1608, mort à Milan en 1661; école milanaise.

62. — SUICIDE D'UNE JEUNE ITALIENNE.

Son mari ou son amant vient d'être tué dans une bataille, et sa suivante tient un brassard du vaillant champion tombé sous les coups de l'ennemi. Ce témoignage d'un irréparable malheur a transporté de désespoir la jeune femme, qui se perce le sein d'un poignard, dramatique événement dont sa caméristе est bouleversée. La dame porte un splendide costume de l'aspect le plus original.

Le motif que représente ce tableau doit être emprunté

aux chroniques italiennes ou à quelque tradition populaire.

Toile. Haut., 92 cent. Larg., 75 cent.

Suivant le témoignage de Lanzi, Nuvolone cherchait plutôt à perfectionner ses figures qu'à les multiplier. Son fils Charles, surnommé le *Guide de la Lombardie*, montra la même tendance ou observa la même règle.

PERINO DEL VAGA

(PIERINO BUONACORSI, CONNU SOUS LE NOM DE

Né à Florence en 1500, mort dans la même ville en 1547; école romaine.

63. — L'AGONIE DU CHRIST.

Entouré d'un ciel ténébreux, Jésus rend le dernier soupir. A droite, la Vierge évanouie vient de tomber entre les bras de Saint Jean et de Marie Salomé. A gauche, Madeleine désolée embrasse le pied de la croix, en regardant le Sauveur, Saint Longin, à cheval, le contemple avec émotion.

Bois. Haut., 35 cent. Larg., 24 cent.

RIBERA

(JOSEPH)

Né à Xativa, près de Valence, en 1588; disparu sur la mer en 1656.

64. — UN PHILOSOPHE.

Magnifique buste d'un savant ou d'un philosophe que l'étude n'a pas enrichi. Son costume, du moins, n'annonce pas l'opulence. Il regarde droit devant lui, en sorte que ses yeux paraissent s'arrêter sur ceux du spectateur. Il a les cheveux gris, presque blancs, le front d'une hauteur extraordinaire. L'ardent soleil de l'Espagne a cuivré, rissolé même par endroits sa peau rugueuse. Son pourpoint entr'ouvert et le col dénoué de sa chemise laissent voir son cou robuste. A sa gauche, se trouve un vieux livre couvert en parchemin, qui doit reposer sur une table. De la main droite, le vieux savant tient une feuille de papier, où on lit la signature du peintre :

Jusef de Ribera
Español Valentiano.

Toile. Haut., 73 cent. Larg., 64 cent.

SÉBASTIEN DEL PIOMBO

(SÉBASTIEN-LUCIANO, CONNU SOUS LE NOM DE)

Né à Venise en 1485, mort à Rome en 1547.

65. — LE SOMMEIL DE L'ENFANT JÉSUS.

Au premier plan, sur un lit de repos, le jeune Christ endormi tient dans sa main gauche un chardonneret. La Vierge, debout près de lui et noblement posée, s'apprête à le couvrir d'une étoffe transparente. C'est une belle paysanne italienne, dont le type unit la vérité à la dignité. Derrière elle, saint Joseph, magnifique vieillard, se penche pour regarder l'enfant divin. A droite de Marie, on aperçoit le petit saint Jean, qui tourne les yeux ailleurs et porte la banderolle traditionnelle, avec l'inscription : *Ecce Agnus Dei.*

On reconnait dans cette belle page l'influence de Michel Ange, dont Sébastien del Piombo n'était souvent que le coloriste, peignant sur la toile les sujets dessinés par le maître florentin.

Toile. Haut. 1 m. 18 cent. Larg. 99 cent.

Vasari, parlant d'une œuvre où Sébastien a traité le même sujet, s'exprime de la manière suivante : « Il fit sur un tableau une Notre-Dame qui, avec un linge, couvre un petit enfant, travail rare que le cardinal Farnèse a placé maintenant dans son vestiaire. (*In un quadro fece una Nostra-Donna che con un panno cuopre un putto, che fu cosa rara, e' l'ha oggi nella sua guardaroba il cardinale Farnese*).

Un fait singulier, c'est que l'image est peinte sur une table de pierre, haute de quatre palmes et demie, large de trois et un quart. Sébastien ne l'a pas terminée d'ailleurs : après avoir fini les têtes des divers personnages, il laissa le reste à l'état d'ébauche. Pourquoi? On l'ignore. Guillaume Becchi, rédacteur du texte qui accompagne les planches dans la somptueuse publication : *le Musée royal de Naples* n'en fait pas moins un complet éloge des parties achevées. « On s'étonne, dit-il, en les regardant, que l'artiste ait su être si délicat et si moelleux dans la couleur, sans nuire à l'effet et au relief, qui est très-prononcé, ni à l'expression, qui est réellement surprenante. Car la tête de la Vierge bienheureuse ne saurait être plus douce de sentiment, plus séduisante de grâce, plus correcte dans les lignes, plus distinguée dans l'aspect général; il faut en dire autant du jeune Dieu, qui semble respirer dans son tranquille sommeil. » (*Real Museo borbonico*, t. IX, planche 46.)

Voilà pour le morceau de Naples : celui que nous présentons au public en diffère sur un grand nombre de points; il est terminé d'abord, il offre ensuite de notables variantes.

Dans le tableau de Naples, une draperie flotte derrière les personnages et une fenêtre occupe l'angle supérieur de gauche. La Vierge, au lieu d'être vêtue en simple paysanne, est habillée en dame du monde : elle porte un chaperon brodé, une robe élégante, lacée par devant, une large ceinture avec un nœud qui s'épanouit sur le côté, un riche manteau jeté sur l'épaule droite. Les types de Saint Joseph et du petit Saint Jean ne sont pas les mêmes (le père de famille a une bien autre dignité dans notre tableau); l'attitude du jeune Précurseur diffère aussi, car il penche la tête vers le Christ. Enfin, le Sauveur endormi ne tient pas un chardonneret dans sa main droite.

Qui aurait osé modifier ainsi la composition d'un maître célèbre? Changer, au lieu de reproduire, ce n'est guère l'habitude des copistes : ils aiment mieux simplifier leur tâche que la compliquer. Est-ce Luciano lui-même, qui a varié son programme? N'a-t-il exécuté qu'une partie de l'œuvre? Quelques détails pourraient donner lieu de le penser. Quant à la question prise dans son ensemble, il faudrait, pour la résoudre, étudier au *Musée Bourbon* l'œuvre authentique de Sébastien del Piombo.

SCHIDONE

(BARTHÉLEMY)

Élève du Corrège, né à Modène, on ne sait en quelle année; mort en 1615.

66. — MORT DE LA VIERGE.

Marie, assise dans un fauteuil, rend le dernier soupir. Les apôtres qui l'environnent expriment leur douleur de la manière la plus touchante et la plus dramatique ; une sainte femme, Marie Salomé probablement, ne révèle pas une moindre affliction. La scène a lieu dans un monument d'architecture romaine. Tableau d'une couleur admirable et digne en tous points du chef de l'école.

Cuivre ovale. Haut., 36 cent. Larg., 27 cent.

TIEPOLO

(JEAN-BAPTISTE)

Né à Venise en 1692, mort en 1769.

67. — APPARITION DE LA VIERGE.

Elle est assise sur les nuages et porte dans ses bras l'enfant Jésus ; saint Augustin, saint François d'Assise et sainte Thérèse sont en adoration devant elle.

Toile ovale. Haut., 45 cent. Larg., 35 cent.

VÉLASQUEZ DE SILVA

(DON DIÉGO)

Né à Séville en 1599, mort en 1660.

68. — LE REPAS TROUBLÉ.

Des artistes en belle humeur, qui avaient pris pour table une grande toile figurant la Passion de Jésus, sont surpris par un cardinal. Dans leur trouble, ils n'ont songé qu'à renverser les plats posés sur l'image sainte : une femme vient de soulever le tableau. Un des coupables, personnage baroque et fantastique, se traîne à genoux près des victuailles, pour obtenir son pardon : l'autre artiste nettoie avec une éponge la scène profanée.

Toile. Haut., 27 cent. Larg., 29 cent.

VÉRONÈSE

(PAOLO CAGLIARI, DIT PAUL)

Né à Vérone en 1528, mort à Venise en 1588.

69. — MOÏSE SAUVÉ DES EAUX.

La fille de Pharaon, belle Vénitienne aux cheveux d'or, qui se tient debout sous des arbres touffus, est escortée de deux suivantes, l'une blanche, l'autre noire, et d'un petit nain. Deux autres de ses femmes lui présentent le nourrisson abandonné, qu'elles ont dépouillé des linges qui l'enveloppaient. Un garde, portant une hallebarde, un pourpoint et des chausses à crevés, s'appuie contre un arbre et parle à des individus placés sur la rive du fleuve. Un pont et des collines forment la perspective.

Toile. Haut., 1 m. 30 cent. Larg., 1 m. 12 cent.

ÉCOLE FRANÇAISE

BRASCASSAT

(JACQUES-RAYMOND)

Né en 1804, mort en 1867.

70. — TÊTE DE BÉLIER.

Étude.

Toile. Haut., 12 cent. Larg., 15 cent.

DESHAYES

(JEAN-BAPTISTE-HENRI)

Né à Rouen en 1729, mort en 1765.

71. — JEUNE FILLE ENDORMIE.

La tête appuyée sur le coussin d'un canapé, tenant à

la main un écran, elle paraît s'être assoupie devant le feu, pendant une soirée d'hiver.

Très-belle facture.

Toile. Haut. 60 cent. Larg., 46 cent.

FRAGONARD

(JEAN-HONORÉ)

Né à Grasse en 1732, mort à Paris le 22 août 1806.

72. — BACCHANTE.

Elle est assise toute nue auprès d'une treille et tient une énorme grappe de raisin blanc, dont elle mange les grains. Un petit Amour, qui flotte dans l'air derrière elle, dirige une flèche vers son dos ; mais plus gourmande que voluptueuse, elle paraît se soucier peu de ses atteintes.

Toile. Haut., 47 cent. Larg., 38 cent.

73. — PORTRAIT D'UNE JEUNE FEMME.

Elle est en négligé du matin, avec un fichu de mousseline autour du cou. Ses cheveux poudrés forment sur sa tête un édifice, et une grosse boucle tombe sur chaque épaule.

Bois. Haut. 26 cent. Larg.. 20 cent.

74. — MUCIUS SCÉVOLA.

Vive esquisse, où l'étonnement de Porsenna et l'héroïsme de Mucius sont très-bien rendus.

Toile. Haut., 55 cent. Larg., 44 cent.

GREUZE?

(JEAN-BAPTISTE)

Né à Tournus, en Bourgogne, le 21 août 1725, mort au Louvre le 21 mars 1805.

75. — LES APPRÊTS DU BAIN.

Sous une grande tente, une jeune fille, presque entièrement nue, ôte son dernier voile, pour descendre dans un bassin encadré de pierre, placé près d'elle. Un petit mur à hauteur d'appui, par delà lequel on aperçoit un fragment de paysage, occupe le second plan.

Bois. Haut., 31 cent., Larg., 22 cent.

ISABEY

(JEAN-BAPTISTE)

Né à Nancy en 1767, mort en 1855.

76. — PORTRAIT DE LA DUCHESSE D'ANGOULÊME.

Marie-Thérèse de France, fille de Louis XVI, morte à Frohsdorf en 1851.

Elle est vue de trois quarts, habillée d'une robe de satin blanc, coiffée d'un volumineux bonnet de dentelle, où des myosotis sont groupés avec des rubans bleus. Quoiqu'exécuté à l'huile, ce tableau, peint comme une miniature, indique le genre habituel de l'auteur.

Toile ovale. Haut., 24 cent. Larg., 18 cent.

JOUVENET

(JEAN)

Né à Rouen en 1644, mort à Paris le 5 avril 1717.

77. — TRIOMPHE DE LA PIÉTÉ ET DE LA CHASTETÉ SUR LES MAUVAISES PASSIONS.

La Piété, tenant dans la main droite un vase plein de feu, symbole des ardeurs de la foi, et dans la main gauche un livre ouvert, regarde le ciel avec un sentiment de religieuse confiance. Devant elle, un génie porte une palme et le bouclier de Minerve, par suite du mélange des idées chrétiennes et des idées païennes, si fréquent au dix-septième siècle; derrière elle, la Chasteté, sous la figure d'une vestale, soigne le feu sacré. Des nuages leur servent de support. Au-dessous, on voit, à gauche, Vénus entourée de petits Amours; à droite, Bacchus, à moitié ivre, entouré de buveurs.

Toile. Haut., 93 cent. Larg., 1 m. 72 cent.

78. — TRIOMPHE DE LA SCIENCE ET DE L'INDUSTRIE SUR LA VIOLENCE ET LA PARESSE.

Une figure symbolique, tenant un caducée de la main droite et une clef de la main gauche, trône sur les nuages. Une femme placée devant elle lui présente le miroir de la vérité; une autre femme, qui tient aussi une clef, lui offre un manuscrit. A droite, on aperçoit le temple de Janus, qu'un génie s'apprête à fermer : les deux clefs que lui tendent les personnages emblématiques doivent servir à en clore les portes.

Dans le bas, à gauche, les Cyclopes forgent une armure qui va devenir inutile ; à droite, Hercule, couché aux pieds d'Omphale et attaché avec des lisières, figure la paresse et l'insouciance.

Toile. Mêmes dimensions.

Ces deux tableaux décoratifs ont été exécutés pour les appartements de Mme de Maintenon, à Saint-Cyr. En bas du premier, on voit un écusson, où des abeilles trottent sur le fût d'une croix, emblème de la maison religieuse qu'elle avait fondée; en bas du second, un soleil, entouré d'une guirlande de lauriers, symbolise le grand Roi. La maison de Saint-Cyr ayant été bâtie en 1686, ces deux tableaux durent être exécutés peu de temps après.

LECLERC

(SÉBASTIEN)

Né à Paris en 1677, mort aux Gobelins le 20 juin 1763. Fils aîné du célèbre graveur qui portait le même prénom.

79. — JEUNES FILLES QUI SE REPOSENT APRÈS LE BAIN.

Elles sont assises sur l'herbe, près de la rivière, et causent ensemble. Des rochers, un massif d'arbres et une plaine composent le fond.

Bois. Haut., 16 cent. Larg., 20 cent.

LÉPICIÉ

(NICOLAS-BERNARD)

Né à Paris en 1720, mort dans la même ville le 14 septembre 1784.

80. — PORTRAIT D'UNE DAME.

Elle est simplement vêtue d'un peignoir entr'ouvert, qui laisse découvrir une partie de sa gorge. Vue de face, elle regarde le spectateur. Ses cheveux légèrement poudrés sont disposés avec soin, et une grosse boucle tombe sur chaque épaule.

Toile ovale. Haut., 42 cent. Larg., 35 cent.

MIGNARD

(PIERRE)

Né à Troyes en novembre 1610, mort à Paris le 13 mai 1695.

81. — PORTRAIT DE LA PRINCESSE DE CONTI, MARIÉE AU DUC DE GUISE.

Elle est vue de trois quarts, la tête tournée à gauche et porte un riche costume : une guimpe de dentelle noire couvre sa poitrine.

Toile. Haut., 57 cent. Larg., 44 cent.

OUDRY

(JEAN-BAPTISTE)

Né à Paris le 17 mars 1686, mort à Beauvais le 3 avril 1755.

82. — ANIMAUX VIVANTS ET MORTS.

Près d'un massif de maçonnerie, un chevreuil mort est pendu par un pied à une branche d'arbre ; un héron vivant, attaché aussi par une patte, bat des ailes et pousse des cris. Au-dessous de ces deux animaux, sur un banc de pierre, un faucon et un milan, aveuglés par leur capuchon, attendent l'arrivée du chasseur qui a laissé près d'eux sa gibecière.

Très-beau tableau, dans la meilleure manière de l'artiste, d'une gaieté d'aspect et d'une beauté de couleur exceptionnelles.

Toile. Haut., 1 m. 72 cent. Larg. 1 m. 15 cent.

PARROCEL

(JOSEPH)

Né à Brignolles (en Provence) en 1648, mort à Paris le 1er mars 1704.

83. — BATAILLE.

Dans un site boisé, des troupes ennemies sont aux prises. Au premier plan, sur un tertre, on voit un commandant d'armée à cheval, qui fait un geste de la main gauche, en donnant des ordres. Près de lui, des trompettes sonnent la charge. Au fond de la vallée, les canons tonnent, les régiments se heurtent : la fumée de l'artillerie et de la mousqueterie plane au-dessus des combattants. Des collines, un château-fort et de sombres nuages encadrent la scène meurtrière.

Toile. Haut., 69 cent. Larg., 1 m. 16 cent.

PARROCEL

(PIERRE)

Baptisé à Avignon le 10 mars 1670, dans l'église Saint-Didier, mort à Paris en 1739.

84. — PORTRAIT DU SIEUR BERGIER,

Capitaine de cavalerie, chevalier de Saint-Louis et officier de la Manche du Roi. On nommait ainsi de grands personnages qui avaient pour mission d'accompagner le dauphin de France, depuis l'âge de sept ans jusqu'à sa majorité. Quand ils devaient le conduire, au lieu de le prendre par la main, ce qui semblait trop familier, ils le prenaient par la manche. Le sieur Bergier remplit ses fonctions pendant la minorité de Louis XV. Il avait quarante-six ans lorsque son portrait fut exécuté. Nous n'avons pas besoin de faire remarquer l'opulence de son costume.

Toile. Haut., 88 cent., Larg., 72 cent.

Les œuvres de Pierre Parrocel, le membre le plus illustre et le mieux doué de sa famille, qui sont très-nombreuses dans le midi de la France, sont très-rares dans le nord. Le Louvre n'en possède aucune.

PRUD'HON

(PIERRE)

Né à Cluny le 4 avril 1758, mort à Paris le 16 février 1823.

85. — PORTRAIT DE MADAME RÉCAMIER.

Elle est fort jeune encore et semble avoir été peinte avant son mariage. Assise dans un jardin, près d'une table en pierre, et environnée de fleurs, elle a les deux mains appuyées sur ses genoux.

Toile. Haut., 23 cent. Larg., 19 cent.

RIGAUD

(HYACINTHE)

Né à Perpignan le 20 juillet 1659, mort à Paris le 27 décembre 1743.

86. — PORTRAIT D'UN GRAND SEIGNEUR.

Il porte la vaste perruque frisée du temps de Louis XIV et regarde vers la gauche. Dans son splendide costume, la soie, la dentelle et les broderies luttent de magnificence.

Toile. Haut., 81 cent. Larg., 63 cent.

SCHEFFER

(ARY)

Né à Dordrecht le 10 février 1795, mort à Argenteuil le 15 juin 1858.

87. — LES OCÉANIDES.

Assises sur un rocher, au milieu de la mer, elles s'abandonnent à leur douleur dans les attitudes les plus dramatiques.

Toile. Haut., 32 cent., Larg., 40 cent.

Le sujet de ce tableau est emprunté à Eschyle. Les déesses de la mer, filles du vieil Océan, déplorent le malheur de Prométhée, bienfaiteur des hommes, qui les a protégées contre la fureur de Jupiter, qui a dérobé le feu du ciel, *le maître de tous les arts*, pour leur en faire présent. Voici quelques-unes des paroles que met dans leur bouche le poëte grec.

« CHŒUR DES OCÉANIDES.

« O Prométhée, je déplore ton lamentable destin. Un ruisseau de larmes coule de mes yeux attendris ; cette humide rosée mouille mon visage. L'affreux supplice que t'impose Jupiter, c'est pour montrer qu'il n'a de loi que son caprice ; c'est pour faire sentir son orgueilleuse domination aux dieux qui furent puissants autrefois.

« Déjà toute la plage a retenti d'un cri plaintif. Ils pleurent tes nobles et antiques honneurs, ils pleurent la gloire de tes frères, ils souffrent de ta désolation, tous ces mortels qui habitent le sol sacré de l'Asie : et les vierges de Colchide, intrépides soldats, et le peuple scythe, qui occupe les bords du marais Méotide, aux extrêmes confins du monde, et cette fleur de l'Arabie, ces héros dont le Caucase abrite les remparts, bataillon frémissants, hérissés de lances. » (*Prométhée enchaîne*).

VERNET

(MANIÈRE DE JOSEPH)

Né à Avignon en 1712, mort en 1789.

88. — UN NAUFRAGE.

Au milieu des flots bouleversés par la tempête, un navire couché sur le flanc est abandonné de son équipage. Les riverains sauvent les passagers et quelques-uns des ballots tombés à la mer. Dans le lointain, la foudre déchire les nues; à gauche, les vagues tourmentent la base de hauts rochers.

Toile. Haut., 49 cent. Larg., 72 cent.

INCONNU

89. — AMOURS JOUANT A LA MAIN CHAUDE.

Miniature sur ivoire.

SCULPTURE

BUSTES EN BRONZE ITALIEN, REPRÉSENTANT LES DOUZE CÉSARS DE SUÉTONE

Hauteur, 30 centimètres.

1. Jules César.
2. Auguste.
3. Tibère.
4. Claude.
5. Caligula.
6. Néron.
7. Galba.
8. Othon.
9. Vitellius.
10. Vespasien.
11. Titus.
12. Domitien.

PARIS. — IMP. SIMON RAÇON ET COMP., RUE D'ERFURTH, 1.

www.ingramcontent.com/pod-product-compliance
Ingram Content Group UK Ltd.
Pitfield, Milton Keynes, MK11 3LW, UK
UKHW021622260726
13994UKWH00003B/1032

9 782329 368290